청어詩人選 318

공간
미학

최진성 시집

청어

시인의 말

두 번째 시집의 『공간 미학』이 첫 시집에서 시작되었는지
도 모를 일이다. 첫 시집의 「탈피」라는 시의 한 구절이다.

팔다리 없는 몸뚱이로
땅 위를 기어
몸뚱이가 길게 늘어난 뱀

힘의 전횡과 독단으로 고립무원한 누군가가 애처롭고
소리 없는 몸부림으로 스스로의 삶의 터전으로 기어가 안
주하려는 피눈물 나는 노력,

하지만 그것은 힘없는 자의 이악스럽고 모질은 행위여서 못나고 징그럽게 보여 나는 어쩔 수 없이 뱀에 비유했다.

뱀, 징그러운 외모를 가진 뱀이 그리워하는 세상은 아이러니하게도 정 많은 아름다운 세상인지도 모른다.

노을이 지는 겨울 창가에서
최진성

공간 미학

2부 공간 이미지

1부

그늘의 무게

멀미나는 저문 나의 여행을 비웃듯 지축을 흔들며 힘차게 굴러가는 열차의 바퀴소리가 웅얼인다 너한테 줄 소포는 나한테 없어 나로부터의 나의 행방불명인 환승역이 자꾸 두렵다

환승역

　차를 갈아타려다가 나를 놓치는 환승역은 나로부터의
나의 행방불명 트렁크를 끌고 영등포역에서 열차를 갈아
타려고 이동하던 중 내가 어디서 와서 어디로 가고 있는
지 몰라 뚝— 걸음 멈춘다 어쩌면 목적지를 지나치고도 그
런 줄 모르고 정처 없이 헤매며 가고 있는지 모를 일 나로
부터의 나의 행방불명이니 도착지 이름도 모른다 둥근 바
퀴 위에 불 켜진 집을 싣고 서울—부산행 열차가 살같이
지나친다 멀미나는 저문 나의 여행을 비웃듯 지축을 흔들
며 힘차게 굴러가는 열차의 바퀴소리가 웅얼인다 너한테
줄 소포는 나한테 없어
　나로부터의 나의 행방불명인 환승역이 자꾸 두렵다

해돋이

빠알간 새해의 영혼의 고기
먼 지평선 너머에서
단내처럼 불끈 솟아오른다

하늘을 먹은 내 눈 속으로
풍덩 뛰어드는
신선하고 맛있는 고기

기차역 풍경

긴 호흡으로 가다듬은 사랑의 말처럼
배밀이로 땅을 기여
몸뚱이가 기일게 늘어난 열차

나비

나비가
나를 피해 달아난다

저만큼

꽃의 빛깔과
꽃잎의
나래로

이만큼 내가 가까이 다가온 거리보다 훨씬
더 먼

저만큼

하늘

울창한 병풍산 숲 사이로 쳐다본
둥근 하늘

알같다
파아란 자유라고 하는
꿈알 같다

눈으로 하늘을 만지다가
용정 우물*의 전설의 용이 되어
빙─둘러 선 군산(群山)을 두 발로 짚고
그 사이로 얼굴을 내밀어
길고 숨 막히게
오래 오래 하늘을 입 맞춘다
갈증이 아닌 또 다른 목마름으로
숨 막히게
오래 오래

가난처럼
저문 여윈 가슴에
물가지 않은 생생한
울음묻은
꿈알

*용정 우물: 중국 길림성 연변 조선족 자치주 용정시에 있는 옛 우물. 용이 이 우물에서 하늘로 날아올랐다는 전설이 있다.

독도

1
무명지 한 마디가 없는 쫙- 편
안중근의 거친 손을 닮았다
그리고 또 숨 죽인
커다란 안중근의 머리를 닮았다

먼 외딴 바위 섬
독도

바위섬을 에워싸고
하아얗게 밀려오는
비린 파도는
세차게 펄럭이는
안중근의 흰 두루마기 자락 같구나

2
추운 여순 작은 감방에 갇혔다 순국한 안 의사
지금 드넓은 바다를 거느린
우람한 바위섬으로 환생했구나

파도 잔잔한 수평선 끝자락에서 마냥
파아란 하늘과 입맞춤하는 바다

갑자기 가위눌린 듯 꿈틀 몸을 뒤척이다가
다시금 고요히 숨결 고르는 바다

거치른 바위에 부딪쳐
천갈래 만갈래 몸을 짓찢는 바다

3
시린 혼자 몸으로
권총 한 자루를 지니고
히로부미를
잊지 못할 하얼빈 기차역의 마지막
기적소리로 지우고
저만큼 앞서 갔구나

저만큼

4
워낙 갈색 바위 섬 독도는
뼈보다 굳은 바위가
불보다 뜨거운 용암을 품고 일어섰구나

이번만큼은
바다에서 몸을 솟구쳐
활화산이 되어 불타오르리라고
하늘을 삼키는 무서운 해일로
가증스런 히로부미 씨종자들을 삼키고
바닷속 깊숙이 영영 수장하리라고

5
언제나 허물을 벗듯
푸른 바다는 비단결처럼
고웁게 다시 펼쳐지겠지 고웁게

허나 독도 바다는
예나 지금이나 해가 뜨고 질 때
마냥 놀빛이
피처럼
붉다

모두의 꽃

아름다움을 초월한 아름다움인―

꽃

착한 사람도 악한 사람도 모두 사랑하는

꽃, 꽃은 피어납니다

착한 사람은 누군가의 행복을 위해

악한 사람은 누군가의 고통과 희생을 대가로…

하므로 더욱 그저 꽃은 피어납니다

생명을 초월한 생명인―

꽃

그늘의 무게

환한 불빛에도 드리우는
그늘

이 그늘엔
무게가 있다

차분히 드리운 그늘
너의 마지막 모지름의 그림자

새벽이 왜서* 더디게 오는지
너는 알고 있다

*왜서: 어째서라는 연변 지역의 말

귤 여섯 개 이천 원

귤 여섯 개
이천 원 그저
단순해서
좋다

넘치지도
모자라지도 않은
홀가분한 이 셈법

생각도 마음도
귤 여섯 개의 값어치처럼
홀가분히 내려놓으면
귤 바구니의 둥근 테두리처럼
이 순간의 내 기분은 둥글고
편해진다

겨울 햇빛

겨울 햇빛이
투명한 유리창을 뚫고
바깥 찬 공기의 영향 없이
침대 위의 너의 몸을
따뜻이 어루만지고 또
방안도 포근히 덥힌다
사랑이란 말을 사랑이
아파할까 봐 못하고
입김만 뜨겁게 달구는 그때처럼

지금 겨울나기를 하는
햇빛 한 오라기라도 아끼려고
시나브로 넌 담요로 감싼 몸을
살포시 보듬고 또 보듬는다

남자 탈의실

남자 탈의실 바닥에서
뉘의 머리카락인지 거웃인지 모를
터럭 몇 오라기를 발로 밟았다
발로 지금 누군가와 인사를 나눈 듯
야릇한 친근감을 느낀다
핸드폰을 손에 쥐고 유희를 놀고 있는
내 손이 느끼는
그 터럭의 주인공들과의 친근감은
왜 이리 다를까 서먹하게도

발이 편하고 포근해지며
가슴까지 후더워진다
휴식시간이 아직 남았는데도

나는 손을 외면한 채 서둘러
그 터럭의 주인공들이 일하는 곳으로 달려갔다
발이 기억하고 있는 사랑의 느낌을 찾아

아래 턱

아래 턱을
쓰다듬는 멋
소유함에 대한 무언가의
만족감으로
차분히 쓰다듬고 그리고
또 한번
그 소유한 턱 밑의 수염을 깎았을 때
애모쁘도록 차분히
쓰다듬는다

폭죽

사람이 뀐
방구는
생리현상인데 왜
폭죽은 그 소리의
의미를 가졌을까

터뜨리는 소리로도
행운의 재채기라 하니
방구소리가 약간 허무하다

조약돌을 던진 후

조약돌을 던진 후
홀가분한 기분으로
돌아서려다 너는 본다
먼저 돌아선 조약돌의
하얀 발꿈치를

야성과 인성 1

눈길을 창밖으로 길게 늘구는 사람
하지만 참새는 몸뚱이를 늘구려한다
너의 방에 어쩌다 잘못 들어온 참새가
지금 한창 유리창에 몇 번 머리를 거푸 부딪쳐
부리에 피를 문 채 파득거리며
방바닥에 나동그라졌다
현대 문명의 산물인 유리창을
참새가 아직 잘 읽지 못하고
계속 결사의 각오로 충돌한다

사람의 눈길을 늘구는 유리창이
참새를 죽이는 투명한 덫이 될까 봐 두려워
아니 바깥세상을
야릇하고 무서운 지옥으로 읽을까 두려워
너는 창문을 열어
참새를 서둘러 놓아 준다

야성과 인성 2

비행기 창문 밖으로
우람한 날개를 보는 순간
먹이를 덮치려고 날아가는
흉맹한 독수리를 상상한다

온몸에서 거치른 피가 금방
고패치며 흐르기 시작한다
꿈과 열망에 휩싸인
흥분한 승객들도 독수리로 보인다

하지만 독수리와 인간 세상인 육지가 가까워지고
착륙한 비행기에서 내릴 땐
넌 오히려 무서운 독수리 같은 비행기를
두려운 시선으로 한번 피끗 돌아본다

거북선

1
팽창하는 숨결이 느껴진다
광화문 광장에 사람이 구름 같이 모였다 누군가 이순신
동상을 향해 소리쳤다
─명량 앞 바다에서 이순신 장군이 돌아왔다!
수많은 사람의 무리는 바다 같았고 서울은 거북선 같아
보였다

2
지하로 전철을 타러 층계를 밟으며 내려가는 사람의 무
리, 놓여 나는 자유로운 피의 흐름, 흐름…
또 에스컬레이터에 빼곡히 서서 윗층으로 올라가는 사람
을 본다 우리라는 빼곡한 나를 나는 본다 이끌고 부추기
며 오르고 또 오르는…
하나라고 또 우리라고 생각하면 출렁출렁, 콸콸 잦아들고
솟구치면서 피의 흐름은 저절로 신나게 힘의 리듬을 탄다

3
팽창하는 숨결이 고패친다
광화문 광장 중앙대 위에서 이번엔 명량 앞바다에서 돌아
온 이순신 장군이 소리 높이 외친다
─우리 세계로 나가야 할 때다
그러자면 우리 스스로 자기 자신과 싸워 이겨야 한다!

그믐달

창유리에 비친 그믐 달빛이
시리도록 차가운데
따뜻한 방 안쪽의 창유리에
야윈 내 손가락이 닿아
그만 애틋한 느낌에 먼 가족을 생각하며
사무쳐 오는 정에 한번
눈물 짓는다

다리

물을 건너고도
다리를 건넜다 한다
다리 위로 물을
건넜기 때문일까
물은 다리 양 옆
어느 쪽으로도 건널 수 있고
얕은 물은 바짓가랑이 걷고
깊은 물은 헤엄쳐 건너고
또 아니면 배 타고 건너도 된다
다리는 물을 건너기 위해 이용하는 것이니
똑같은 의미를 띠는 것이리
하지만 단지 다리 위로 다리를 건너야 할 때가 있다
마치 선죽교를 지나간 고려 충신 정몽주처럼
다리 양 옆 어느 쪽으로도 물을 건널 수 없고
오롯이 다리 위로만 지나가야 할 때가 있다

쥐잡이

쥐는 흔히 손보단 발과 더 가까운 곳에 있지만 항상 손이 더
긴장한다 때려잡아야 하니까 놓쳐서는 안 되니까 밀걸레를
잡은 손이 쥐가 나타날 조짐에 울끈불끈 힘이 솟구친다
쥐는 흔히 손과 발과 가장 가까이 있지만 사실은 너의 머
리와 더 가까이 있는지도 모른다
뇌물을 받은 너의 머릿속 사악한 쥐는 어쩌지?

비

전철에서 내릴 때 비를 만나면 내리지 않고 역을 지나친다

옷이 젖어도 사랑의 열기로 말릴 수 있다면 그리고 님한
테 가는 거라면 그냥 맞을 수 있지만 지금 이 시각 불편을
주는 비, 비에 젖어 무거워진 옷, 갈아입어야 할 옷, 그 옷
에 스미는 비는 어쩌면 누구에게도 말 못 하고 불평할 수
없는, 그냥 참고 견뎌야 하는 세상의 꾸지람 같은 것이다
집에 가서 엄마한테나 아니면 누구한테도 위안 받을 수
없는 꾸지람

그래서 전철에서 내릴 때 비를 만나면 항상 몇 정거장 지
나서 기어이 우산을 사 가지고 집으로 간다

팽이

얼음 위에서 팽이를 돌린다
부끄러웠던, 지울 수 없었던 얼음 위에서 아팠던 나날이
떠올랐기 때문
차가웁고 냉혹한 얼음은 우스꽝스럽게 미끄러져 넘어지고
비틀거리는 너를 조소와 야유의 웃음을 띤 매끄러운 거울
로 비추었다
상처 받았던 가슴이 위안 받으려고 넌 얼음을 이기고 굴
복시키는 팽이를 팽이채로 힘껏 쳐서 돌린다
고속회전, 4회전 점프…
황홀한 팽이의 연기에 넌 행복의 눈물을 흘린다 얼음 거
울을 녹이는 그 비릿한 눈물을 아니,
삶의 얼음 사슬을 녹이는 찡한 눈물을

광천수

투명한 물이 광천수 병 속에서
숨 막히게 갇혀있다
가득 대접에 물을 부어놓고 봐도
물이 살았는지 죽었는지 알 수 없어
너는 서둘러 섬진강으로 달려가
물이 숨을 쉬는지
찬찬히 한나절 보고서
가뿐히 강바람처럼 돌아온다

이중주 멜로디

도시에서 콘크리트 바닥 위로만 걷다가
어느 날 산 속의 나붓한 흙길을 밟을 때

부드러운 흙의 애무에 발은 금방
소중한 땅의 사랑을 깨닫는다

그리고 더불어
새와 벌레 소리에
조용히 숨 죽이며
그 소리에 젖는다

또
산의 소리로
산에서
산이 된다

박수 소리

박수를 칠 때 그 손뼉 소리가
거짓이란 걸 느낀다

저만큼 걸어가는
누군가의 발자국 소리에만
너는 귀를 기울인다

구두 바닥이
콘크리트 바닥에 부딪쳐
무겁게 울리는 발자국 소리

세상에 울리는 제일
참다운 박수 소리

축구놀이

빗나간 주먹처럼
축구공이 날아와
얼굴을 튕기면
안 아픈 척 손으로 어루만지며
애써 참는다
아마 축구공의 팽팽한 공기처럼
즐거운 마음으로
고까운 생각을 질식시켜 버렸으리라
이내 손에서 저만큼 떨어진
어리숙하고 순수한 주먹을 쥘 줄
도무지 모르는 발이 하는
축구놀이가 정겨웁기만 하고
자꾸 즐거워진다

나와 나

1

왠지 늘 몸을 비우는 화장실 거울에 비춰진 내 얼굴이 실
망스러워 어망 결에 한 손을 볼에 갖다 댄다
자존심이 상한 데다 마주보기도 싫었는데 거울 속엔 내
모양을 흉내 내는 나, 나는 거울을 등지고 픽 돌아섰다
나 자신이 나를 부정하기는 힘들어 다시 한번 더 거울 속
의 나를 고개를 돌려 바라보는데 기어이 또 나의 행동을
흉내 내는 거울 속의 나, 나는 나 자신에 화가 굴뚝 같이
나 방구를 붕- 뀌고는 횡하니 사라진다

2

나의 얼굴이 전철역 승강장 안전유리 문에 비치는 순간,
집 안 화장실 거울에서 봤던 내 모습과 달라서 나 자신한
테 말을 건넨다 -넌 누구니?
난 누구일까? 바깥세상 속의 나를 보며 나는 나 자신에게
곤혹스러운 질문을 던진다

3
열차는 옥수수 이삭 같다
열차를 탄 나는 옥수수 이삭에 박힌 노오란 옥수수 알 같다
노오란 옥수수 알이 가득 박힌 옥수수 이삭에는 드문드문
하얀 옥수수 알과 까만 옥수수 알도 보인다
바람에 흔들리는 옥수수 이삭이 알록달록한 옥수수 알을
품고 단단히 여물어 간다

4
철길 건너 맞은편엔 반대쪽으로 가는 승객이 머무는 승강장이
보인다 필리핀에서 온 듯한 여자가 유모차를 붙잡고 서 있다
이 필리핀 여자가 가는 목적지가 왜인지 궁금하다 대체 어디까
지 가는 걸까? 부모님이 생각날 때 한국에서 어떻게 그리움을
달랠까? 그리움을 달래는 나의 경우엔 면목동 전통시장에 간
다 시간을 쫓아가지 않고 시간을 달래는 푸근한 세월이 둥지를
튼 손 때 묻은 가게를 운영하는 고향의 나의 아버지 엄마 같은
분들한테서 상냥한 미소를 읽고 감미로운 체취를 맡는다
그런데 나는 철길 건너 반대쪽으로 가는 필리핀 여자가
왜 궁금할까? 지하철 승강장 차단 유리벽을 사이 두고 있
는 이 자리에서 왜 이 여자의 삶을 걱정할까?

5
서울을 한참 벗어난 천안 전철역, 이 역 승강장엔 차단 유
리벽이 없이 공간이 확 틔어 햇빛을 머금은 반짝이는 철
길이 보이고 한창 시원하게 팔다리 근육을 풀고 기지개를
켜는 것 같았다
서울에서 지하의 어둠과 승강장 차단 유리벽에 갇혀 갑갑
하고 숨 막혀 있던 열차도 한창 심호흡을 하는 것 같았다
이때 화물열차 한 대가 지축을 울리며 질풍같이 서울 방
향으로 사라졌다
내 몸통과 팔다리에서도 야릇하게 이름 못할 힘이 솟구치
는 것 같아 나는 어깨에 멘 배낭끈을 고쳐 잡으며 잠깐 떠
나왔던 서울로 돌아가려고 다시 열차에 몸을 실었다

6
전철역 승강장 안전유리문에 내 얼굴이 또 비친다 그 거
울 속의 나한테 또 말을 건넨다 —너는 누구니?
이번엔 거울 속의 나는 당당하게 대답한다
—나는 중국에서 온 조선족 동포이며 더불어 서울 사는 서
울 사람이며 또 외국 사람이기도 하다
집 안 화장실 거울 속의 나 자신한테서처럼 방구를 뀌지 않
고 이번엔 밑구멍을 딱 오므리고 다기차게 걸어갔다 서울을
살려고

두부장수

두부요, 외치는 옛 골목의 소리 두부장수의 소리
나의 배가 아닌 이름이 고파지게 하는 소리
두부를 양념간장을 쳐 밥 반찬으로 맛있게 먹는다
두부가 목구멍과 위에 차서
내 가슴을 자꾸 치받쳐 올릴 때
또 이름이 고파지게 하는 소리 두부장수의 소리가
저만큼 들려와
울컥 치미는 그리운 감정에
두부를 입에 가득 문 채
울먹이는 소리로 예, 하고 대답한다

2부

공간 이미지

고래가 숨 쉬며 헤엄쳐
가는 걸 보았다
바다가 이렇게 숨 쉬고 있다고
생각했다
바다와 땅이 만나는 곳에서

공간 이미지 1

햇빛의 내음이 묻어나는 옛 골목에서
바람에 종이 쪼가리 하나 날리고
허둥지둥 내 시선은
거기에 초점을 맞춘다
햇빛의 옛 내음의 기록을 이 순간에
하나라도 안 놓치려고

공간 이미지 2

A번 버스를 타고 왕십리를 지나
신당 방향으로 가고 있을 때다
버스 스피커에서 다음 도착역은
상왕십리역이라는 안내 방송이 울리는 순간
지금 땅 속 지하철이 똑같은 방향으로
가고 있을 거라는 예감에

나의 곁 몸 어딘가에
언젠가 그녀의 살가운 속마음이
묻어나는 손길이 닿았던
기억을 떠올렸다

공간 이미지 3

3평짜리 방에
어울리지 않게 벽 거울이 걸렸으나
그래도 공간이 곱절 늘어나서 좋았다

거울 속 공간에
누우니 몸도 편하고
숨도 가볍게 쉴 수 있어 좋다

3평짜리 방에서는
숨 가쁜 내가 슬그머니
도망쳐 들어갈 또 다른
편한 공간이 있어 좋다

공간 이미지 4

창문에 비친
하늘은 어느
중간 지점이다

또

창문에 어리는
잠자리는
비행기다

비행기는 지금 이륙하여
어디론가 떠나는 중
아니다
목적지에 갔다 돌아오는
비행기가 하강 중이다

이별의 고통도 지금 멈춰 세우고
상봉의 기쁨도 한 번 더
부풀리는 곳

잠자리의 가벼운 날개로
사랑의 중간 지점이
마냥 살갑게 숨 쉬고 있다

공간 이미지 5

하늘 얼굴이
파아랗게
바다에 들었다

숨결마저 가무린
하늘 얼굴을 보는 마음이
왜 이리 홀가분할까

한 사나이가
바다 기슭에서
파도에 맨 발을 찰방인다

야윈
홀가분한
숨결무늬

맨 발에
보드라운 금모래가
차분히 감긴다

사나이는 까닭 없이
문득
흐느껴운다

촉촉하니
살 속으로 도망쳐 버린
숨결무늬

공간 이미지 6
–에스컬레이터에서

뒤처지지도 앞서지도 않은 너를
고이 위층으로 올려준다

직 상승하는 엘리베이터가 아닌
천천히 사선으로
언덕을 타듯 이동하는
자동계단–에스컬레이터!

문득 고마운 어떤 이가
등을 떠밀어준 느낌에
걸음도 한결 가벼워진다

공간 이미지 7

-춘천에서

열차의 한가한 가슴 같은 차창 유리에
얼굴을 바투 갖다 대면
열차 안과 바깥의
경계가 모호하다
금방
뉘의 조급한 마음처럼
열차의 속력이 느껴지는데
열차 안과 바깥 풍경의 가까운 경계에서
넌 아직 빠른 걸음으로
산보하는 기분이다
차츰 멀어지는 차창 밖의
정든 풍경을 보며
좀 더 느리게 갈 수 없냐고
차창 유리에 얼굴을 부비며
열차에 투정을 부리는 판이다

공간 이미지 8

사람이 이사 간
고향 빈 집 유리창이
귀 막고 있다
세상 소리에
또 그리고
외면하고 있다
세상 내음에

어지러운 세상에 지금
등 돌리고 앉아
마음을 비운
자연인의 얼굴

공간 이미지 9

자취방이 지진으로 꿈틀 흔들렸다
이웃집 청년이 문 밖으로 뛰쳐나가는데
나는 태연히 방에 누운 채로 있다
지금 이 시각 나는 오히려 야릇한 쾌감을 느낀다
나를 세상이 한 번 흔들어 보라고
나는 두 발이 아프도록 세상을 뛰어 다녀
지치고 귀찮아져 버렸다
땅의 흔들림에 켕기고 뻐근하던
몸이 풀리는 것 같아
지진에 대한 두려움도 망각한 채
그냥 그대로 누워 있다

공간 이미지 10

종로의 종소리마냥
숨통이 확 트여 미친 듯이
거리로 달려갔다
드디어 자가격리가 해제됐다!
이웃집 개가 자꾸 쫓아오며 짖는다
—어이, 서라꼬!
—어이, 미친겨?!

공간 이미지 11

종로의 종소리에다
이마빠기를 하고 싶다
훤한 그 소리의 울림처럼
코로나를 확– 뚫는
길은 없냐고!

공간 이미지 12

바다에 가서
바다가 숨 못 쉬어
괴로워 꿈틀대는 모습을 보다가
멀리서 물보라를 뿜으며
고래가 숨 쉬며 헤엄쳐
가는 걸 보았다
바다가 이렇게 숨 쉬고 있다고
생각했다

바다와 땅이 만나는 곳에서
파도와 모래를 맨 발로 밟으며 걸었다
그리고 고래도 아마 나를 보았을 것이라는
행복한 생각을 했다

공간 이미지 13

언덕에 자리한 나의
집에 거의 왔다
개 한 마리를 이끌고

돌 위에 인젠 걸터앉아
숨을 돌려도 되었다
또 개의 머리를
차분히 쓰다듬는 일도 해 본다

그래 저만큼 언덕 위에 있는
집을 바라보고
시원히 불어오는 바람에
크게 한 번 숨을 쉬고 그리고
오래 지속하고 싶은
행복한 위안을
가슴에 넘치지 않게 가득 가득
채우는 일도 해 본다

공간 이미지 14

내 곧은 두 시선처럼
구두끈을 두 손으로 당겨서 꼬옥 졸라맨다

느슨함이 없이 꼬옥-

그리고는 뚜벅 뚜벅 간다
두 발이 알고 있는 일터로

공간 이미지 15

새 소리가 창문을 뚫고 들어올 때
넌 고요를 만난다
그 고요는 집 안의 냉장고 소리와
세탁기 소리, 텔레비전 소리,
또 에어컨 소리가 아직 모르는 먼 옛적
네가 샘물에 얼굴을 비춰보던
그 시절에 숨 쉬던 고요이다

공간 이미지 16

외국 사람은 산을 끼고 있는 도시, 서울을
산골동네라 부르기도 하지
일천만이 넘게 살아가는 산골 동네
아무리 생각해도 전설의 산골 동네지
영 미치도록 이 도시를 사랑하지 않고서는
그렇게 산골 동네라 부르기도 힘들지

공간 이미지 17

어느 날 고가도로 밑을
열차를 타고 지나다가
내 머릿속 생각처럼 하얀 승용차
한 대가 그 위로 질주하는 걸 보았다
이 내 몸은 열차를 타고
목적지가 있는
또 다른 방향으로 가고 있는데

공간 이미지 18

물과
땅 위의
다른 생명들과는 달리
인간만이 마스크를 쓴 채
무서운 딴 세상에서
살고 있다는 걸
이 순간 발견하고는
생명의 터전인 지구한테
미안한 맘을 갖고
발걸음을 조심히 재겨 딛는다

공간 이미지 19

좌우로 가볍게 눈발이 오락가락 흩날리는 것이
하얀 약솜이 간호사의 손에 쥐어져
누군가의 빠개진 생채기를
살가웁게 문질러 주는 것 같다
상처가 아무는 인간 세상의 저 높은
하늘 공간이 더없이 넓고 커 보였다

아이 적처럼 하얀 눈송이를
두 손으로 소중히 받아본다

공간 이미지 20
−어느 학교 담벼락 앞에서

햇빛에 등을 돌리고 있는
인젠 무딘 담벼락의 살갗에
아득히 멀고 애틋한
삶의 기억의 자잘한 파편들을
햇빛으로 쪼여 말려
야위어 헐렁한 가슴에
소중히 품어 간직한다

공간 이미지 21

바짓가랑이 속에 바람이 우는 데도
한사코 북한산 바위 정상까지 오르고 내려오니
가슴속의 웅성거림은 가라앉고 편하다

만약 내가 우주 비행선에 올라
지구 위의 바람을 찢어발기면서
화성까지 갔다 오면 가슴의 느낌은 어떨까

공간 이미지 22

봄이면
마을 유리창의 반짝임이 보이고
참새의 지저귐이 들리고
어느 누군가의 몸의 살내음도
코 밑에 스민다

공간 이미지 23

아침에 집을 나와
학교 가는 아이들 몸에서
학교 냄새가 나고

오후에 하학하여
집으로 가는 아이들 몸에서
집 냄새가 난다

아이들을 싣고 오가는
마을버스의 소독수 냄새는
그래서 금방 날아가 버린다

공간 이미지 24

하늘이 비낀 천지를
비행기를 타고
하늘에서 굽어보면
감동을 못 느낀다

천지 기슭으로 가
마치도 천지처럼
활짝 하늘을 향해 가슴을 열고
옹근 하늘을 안아야 감동을 느낀다

공간 이미지 25

세상 내음 피우는
텔레비전을 등지고 누워
잠을 청한다

텔레비전 속 사람 모습은 외면한 채
그들의 목소리만 가끔 몇 마디
귀동냥으로 챙겨 들으며
스르르 잠이 든다

공간 이미지 26

이내 가슴속 어딘가를
살그머니 만지고 가는
아침 공기

나를 만나고 가는
누군가를 하염없이 찾아
지금 나는
집 밖을 자꾸 기웃댄다

공간 이미지 27

사람 소리 대신
찻소리가
으르렁댄다

이런 제길할
망할 것,
나 한테서 떨어져!
−우르릉, 으르렁

공간 이미지 28

서울에서 1호선 전철을 타고
수원 갈 적보다
분당선 타고 땅 밑으로 수원에 도착하여
불쑥, 얼굴을 내밀면
가슴 속 말을 툭– 내뱉을 때처럼
정나미를 느낀다

공간 이미지 29

열차 바곤이라는 트렁크를 지금
세월이 끌고 가고 있다

뉴스에선 시체가 들어있는 트렁크를
누군가 갖고 종적을 감췄다는 소식을 전하고 있었다

열차를 타다가 막 한 승객이 들고 오른 유난히 큰 트렁크에
다른 승객들의 이상한 눈초리를 난 느낀 적 있었다

무서운 현대 인간의 생각이 들어 있는
숨 막히는 저 여행 짐짝–
열차 바곤이라는 이 트렁크를
세월이 지금 아무렇게나 들고서
어수선한 다음 인생 역전에 내려놓는다

공간 이미지 30

칼집에서 뺀 긴 칼처럼 열차는 지나가고 있다 열차가 철길 건널목을 통과하고 있고 철길 건널목 앞에서 걸음을 멈춘다 여느 날과 꼭 같은 일상이 이 순간 툭- 끊어져 동강나고 감쪽같이 사라지는 걸 본다

베어진 나무 등걸에서 새싹이 나듯 문득 철길 건너 행길 옆에 살고 있는 소중한 한 친구가 생각났고 그 친구 집으로 오늘은 가리라 만사를 제치고 오늘은 꼭 가리라 생각하니 행복감에 가슴이 흐뭇하다

칼집에서 뺀 긴 칼처럼 열차는 지나갔고 새로운 느낌의 여느 날과 다른 일상이 마치 생일날 케이크처럼 눈앞에 나타났다

공간 이미지 31

 파주에는 아이 적에 먹던 마구 주물러 만든 옥수수 떡 같은 낮은 산들이 옹기종기 널려있다

 한번 높은 산을 올라 먼 곳을 바라보고 후– 하고 가슴 후련히 숨을 크게 한 번 쉬고 내려오고 싶은데 그저 옥수수 떡 같은 옹기종기 널려있는 낮은 산들의 산굽이를 버스를 타고 돌며 적성 쪽으로 넘어말, 금곡리, 마지고개, 그리고 양주 쪽으로는 갈곡리, 섬말, 고릉말 같은 예쁜 이름을 가진 마을들을 눈으로 보고 정 들이며 아기자기 사랑의 맘을 갖는 멋도 정말 별미롭다

공간 이미지 32

파주에는 중국 조선족 동포들이 일하며 살고 있고 또 가
까운 곳에 38선이 있다는 사실이 도무지 믿겨지지 않는다

헬리콥터 소리에 파아란 하늘빛 같은 여린 너의 마음이
야릇하게 떨린다

공간 미학

최진성 지음

발 행 처 · 도서출판 **청어**
발 행 인 · 이영철
영   업 · 이동호
홍   보 · 천성래
기   획 · 남기환
편   집 · 방세화
디 자 인 · 이수빈 | 김영은
제작이사 · 공병한
인   쇄 · 두리터

등   록 · 1999년 5월 3일
(제321-3210000251001999000063호)

1판 1쇄 발행 · 2022년 2월 10일

주소 · 서울특별시 서초구 남부순환로 364길 8-15 동일빌딩 2층
대표전화 · 02-586-0477
팩시밀리 · 0303-0942-0478

홈페이지 · www.chungeobook.com
E-mail · ppi20@hanmail.net
ISBN · 979-11-6855-007-0(03810)